Simon et les flocons de neige

Gilles Tibo

Livres Toundra

Je m'appelle Simon et j'aime bien compter.

À la première neige qui tombe,
Je cours compter les flocons.

Mais comment puis-je les compter ?

Les flocons tombent en rafales !

En comptant les flocons sur chaque oiseau
Et en comptant tous les oiseaux,
Je saurai combien de flocons sont tombés.

Je monte sur une souche avec mon balai,
Mais les oiseaux volent bien trop vite !

Je grimpe dans les bras du Bonhomme de neige:
– Combien de flocons tombent quand il neige ?

– C'est bien simple, Simon, répond le Bonhomme.
  Il y a un flocon pour chaque étoile dans le ciel.

Je monte sur une colline.

Mon amie Marlène apporte une échelle.
Ensemble nous décrochons les étoiles
Pour les compter.

Soudain les étoiles filent dans tous les sens !

Je monte sur un banc de neige pour demander à la Lune:
– Combien d'étoiles y a-t-il dans le ciel ?

– C'est bien simple, Simon, répond la Lune.
Autant que de lumières dans la ville !

Je saute dans mon traîneau pour aller en ville.

Je monte sur la montagne pour compter les lumières.

Mais les lumières s'allument et s'éteignent.

Je descends dans la forêt pour y voir mes amis.

Je ne peux pas compter les lumières de la ville,
les étoiles dans le ciel,
les flocons de neige ...

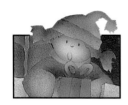

Mais il y a bien d'autres choses que je peux compter !

À Danielle et Marlène

© **1988, Gilles Tibo**

Première édition broché, 1992

Publié au Canada par Livres Toundra, 481, avenue University, Toronto, Ontario, M5G 2E9
Publié aux États-Unis par Tundra Books of Northern New York, Boîte Postale 1030, Plattsburgh, New York, 12901

Fiche du Library of Congress (Washington): 88-50259

Données de catalogage avant publication de la Bibliothèque nationale du Canada
Tibo, Gilles, 1951–
    Simon et les flocons de neige

Publié aussi en anglais sous le titre: Simon and the snowflakes.
ISBN 0-88776-275-1

I. Titre.

PS8589.I26S54 2000   jC843'.54   C99-930296-5
PZ23T433Si 2000

Nous remercions le Conseil des Arts du Canada de l'aide accordée à notre programme de publication.

Nous reconnaissons l'aide financière du gouvernement du Canada par l'entremise du Programme d'Aide au Développement de l'Industrie de l'Édition pour nos activités d'édition.

Imprimé à Hong Kong

7 8 9 10 11   06 05 04 03 02